Edgar Allan Poe

William Wilson

William Wilson

Traduzione di Luigi Marfè

LEONE EDITORE

Edgar Allan Poe
William Wilson

ISBN 978-88-6393-424-3

Traduttore: Luigi Marfè

www.leoneeditore.it

What say of it? what say conscience grim,
That spectre in my path?

William Chamberlayne, *Pharronida*

Che dire? Che dire della coscienza,
tetro spettro sulla mia strada?

William Chamberlayne, *Pharronida*

Let me call myself, for the present, William Wilson. The fair page now lying before me need not be sullied with my real appellation. This has been already too much an object for the scorn—for the horror—for the detestation of my race. To the uttermost regions of the globe have not the indignant winds bruited its unparalleled infamy? Oh, outcast of all outcasts most abandoned!—to the earth art thou not for ever dead? to its honors, to its flowers, to its golden aspirations?—and a cloud, dense, dismal, and limitless, does it not hang eternally between thy hopes and heaven?

I would not, if I could, here or to-day, embody a record of my later years of unspeakable misery, and unpardonable crime. This epoch—these later years—took unto themselves a sudden elevation in turpitude, whose origin alone it is my present purpose to assign. Men usually grow base by de-

Lasciate che mi presenti, per ora, come William Wilson. La bella pagina sotto la mia penna non dev'essere macchiata dal mio vero nome. Già troppo esso è stato motivo di disprezzo, di orrore, di avversione per la mia casata. I venti dell'indignazione non hanno sparso la sua vergogna senza pari fino alle estreme regioni del globo? Oh, reietto di tutti i reietti più miseri, per il mondo non sei morto per sempre? Per i suoi onori, per i suoi fiori, per le sue dorate aspirazioni? E una nuvola densa, tenebrosa e sconfinata non aleggia in eterno tra le tue speranze e il paradiso?

Non vorrei, se fosse possibile, rievocare qui, oggi, i miei ultimi anni di miseria indicibile e imperdonabile crimine. Questo periodo, questi ultimi anni hanno portato un rapido sprofondare nella depravazione, sulla cui origine è invece mio proposito soffermarmi. Di solito gli uomini si

grees. From me, in an instant, all virtue dropped bodily as a mantle. From comparatively trivial wickedness I passed, with the stride of a giant, into more than the enormities of an Elah-Gabalus. What chance—what one event brought this evil thing to pass, bear with me while I relate. Death approaches; and the shadow which foreruns him has thrown a softening influence over my spirit. I long, in passing through the dim valley, for the sympathy—I had nearly said for the pity— of my fellow men. I would fain have them believe that I have been, in some measure, the slave of circumstances beyond human control. I would wish them to seek out for me, in the details I am about to give, some little oasis of *fatality* amid a wilderness of error. I would have them allow—what they cannot refrain from allowing—that, although temptation may have erewhile existed as great, man was never *thus*, at least, tempted before—certainly, never *thus* fell. And is it therefore that he has never thus suffered? Have I not indeed been living in a dream? And am I not now dying a victim to the horror and the mystery of the wildest of all sublunary visions?

I am the descendant of a race whose imaginative and easily excitable temperament has at all times rendered them remarkable; and, in my earliest infancy, I gave evidence of having fully inherited

corrompono a poco a poco. Da me, in un istante, ogni virtù è caduta lungo il corpo come un mantello. Da una malvagità in certo modo dozzinale sono giunto, a passi da gigante, a eccessi superiori a quelli di un Eliogabalo. La circostanza, l'evento generatore di un tale male ancora mi accompagna mentre racconto. La morte si avvicina; e l'ombra che la precede ha reso il mio spirito meno duro. Avrei desiderato, al momento del trapasso, il supporto, direi quasi la compassione, dei miei compagni. Sarei lieto di convincerli di esser stato, in qualche misura, schiavo di circostanze oltre il controllo umano. Vorrei che cercassero non in me, ma nei dettagli che darò, delle piccole oasi di *fatalità* in un deserto di errori. Vorrei che ammettessero – cosa che non possono astenersi dal fare – che, per quanto possa essere esistita in passato una tentazione tanto grande, nessun uomo in passato è mai stato tentato *così* – e di certo è mai caduto *così*. Ed è per questo che non ha mai sofferto a tal punto? Non ho vissuto infatti in un sogno? E non sto morendo vittima dell'orrore e del mistero della più feroce di tutte le visioni terrene?

Sono il discendente di una schiatta nota da sempre per la sua indole immaginosa e facilmente impressionabile; e, nella mia prima infanzia, ho dato prova di aver ereditato per intero il carat-

the family character. As I advanced in years it was more strongly developed; becoming, for many reasons, a cause of serious disquietude to my friends, and of positive injury to myself. I grew self-willed, addicted to the wildest caprices, and a prey to the most ungovernable passions. Weak-minded, and beset with constitutional infirmities akin to my own, my parents could do but little to check the evil propensities which distinguished me. Some feeble and ill-directed efforts resulted in complete failure on their part, and, of course, in total triumph on mine. Thenceforward my voice was a household law; and at an age when few children have abandoned their leading-strings, I was left to the guidance of my own will, and became, in all but name, the master of my own actions.

My earliest recollections of a school-life, are connected with a large, rambling, Elizabethan house, in a misty-looking village of England, where were a vast number of gigantic and gnarled trees, and where all the houses were excessively ancient. In truth, it was a dream-like and spirit-soothing place, that venerable old town. At this moment, in fancy, I feel the refreshing chilliness of its deeply-shadowed avenues, inhale the fragrance of its thousand shrubberies, and thrill anew with undefinable delight, at the deep hollow note of the church-bell, breaking, each hour,

tere di famiglia. Con l'età si è sviluppato ancor di più, diventando, per varie ragioni, motivo di seria inquietudine per i miei amici, e di effettivo danno per me stesso. Sono venuto su testardo, schiavo dei più selvatici capricci, e preda delle passioni più indomite. Deboli di mente, e afflitti da turbe congenite analoghe alle mie, i miei genitori poco poterono per controllare le cattive inclinazioni che mi erano proprie. Alcuni sforzi fiacchi e mal diretti risultarono un completo fallimento per loro, e, naturalmente, un assoluto trionfo per me. Da allora la mia voce fu legge in casa; e a un'età in cui pochi bambini hanno dismesso le dande per camminare, io fui lasciato alla guida della mia stessa volontà, e divenni, in tutto tranne che nel nome, padrone delle mie stesse azioni.

I miei primi ricordi di scuola sono legati a una grande dimora elisabettiana, di forma irregolare, in un villaggio dell'Inghilterra immerso nella nebbia, dove c'era un gran numero di alberi enormi e nodosi, e tutte le case erano troppo antiche. In verità, era un luogo da sogno, che rasserenava lo spirito, quel venerabile antico paese. In questo momento, nella fantasia, sento la freschezza tonificante dei suoi viali ombrosi, respiro la fragranza dei suoi innumerevoli arbusti, e ho ancora un indefinibile brivido di piacere al profondo rintocco cavo della campana della

with sullen and sudden roar, upon the stillness of the dusky atmosphere in which the fretted Gothic steeple lay imbedded and asleep.

It gives me, perhaps, as much of pleasure as I can now in any manner experience, to dwell upon minute recollections of the school and its concerns. Steeped in misery as I am—misery, alas! only too real—I shall be pardoned for seeking relief, however slight and temporary, in the weakness of a few rambling details. These, moreover, utterly trivial, and even ridiculous in themselves, assume, to my fancy, adventitious importance, as connected with a period and a locality when and where I recognise the first ambiguous monitions of the destiny which afterwards so fully overshadowed me. Let me then remember.

The house, I have said, was old and irregular. The grounds were extensive, and a high and solid brick wall, topped with a bed of mortar and broken glass, encompassed the whole. This prison-like rampart formed the limit of our domain; beyond it we saw but thrice a week—once every Saturday afternoon, when, attended by two ushers, we were permitted to take brief walks in a body through some of the neighboring fields—and twice during Sunday, when we were paraded in the same formal manner to the morning and evening service in the one church of the village. Of this church the prin-

chiesa che annunciava l'ora con un improvviso ruggito imbronciato, nella fosca quiete in cui il campanile gotico traforato era assopito.

Indugiare sui minuti ricordi della scuola e dei suoi paraggi mi dà probabilmente non meno piacere di quanto potrei provarne in altro modo. Immerso come sono nella miseria – miseria, ahimè, fin troppo reale – mi si perdonerà se cerco sollievo, per quanto esile e fugace, in pochi vaghi particolari. Del tutto banali e persino ridicoli in se stessi, essi assumono, infatti, nella mia fantasia, un'importanza premonitrice, legati come sono a un periodo e a un luogo in cui riconosco le prime ambigue avvisaglie del destino che in seguito mi avrebbe interamente travolto. Lasciate allora che ricordi.

La casa, dicevo, era antica e irregolare. La tenuta era estesa, e un alto e solido muro di mattoni, con in cima uno strato di malta e vetri rotti, la circondava. Questo baluardo simile a una prigione era il confine del complesso; potevamo vedere l'esterno solo tre volte a settimana: la prima il sabato pomeriggio, quando, accompagnati da due insegnanti, ci era permesso fare brevi passeggiate per i campi nelle vicinanze, e le altre due la domenica, quando ci agghindavamo di tutto punto per le celebrazioni del mattino e della sera nella chiesa del villaggio. Il direttore della nostra

cipal of our school was pastor. With how deep a spirit of wonder and perplexity was I wont to regard him from our remote pew in the gallery, as, with step solemn and slow, he ascended the pulpit! This reverend man, with countenance so demurely benign, with robes so glossy and so clerically flowing, with wig so minutely powdered, so rigid and so vast,—could this be he who, of late, with sour visage, and in snuffy habiliments, administered, ferule in hand, the Draconian Laws of the academy? Oh, gigantic paradox, too utterly monstrous for solution!

At an angle of the ponderous wall frowned a more ponderous gate. It was riveted and studded with iron bolts, and surmounted with jagged iron spikes. What impressions of deep awe did it inspire! It was never opened save for the three periodical egressions and ingressions already mentioned; then, in every creak of its mighty hinges, we found a plenitude of mystery—a world of matter for solemn remark, or for more solemn meditation.

The extensive enclosure was irregular in form, having many capacious recesses. Of these, three or four of the largest constituted the play-ground. It was level, and covered with fine hard gravel. I well remember it had no trees, nor benches, nor any thing similar within it. Of course it was in the rear

scuola era il pastore di quella chiesa. Con quanta meraviglia e profondo stupore lo guardavo dalla nostra panca lontana, mentre, con passo lento e solenne, saliva al pulpito! Quell'uomo reverendo, dal contegno così umile e benevolo, con la veste ecclesiale così splendida e svolazzante, con una parrucca così minuziosamente incipriata, tanto rigida e grande, era lo stesso che poco prima, con il volto truce e gli abiti sdruciti, esercitava con la frusta le leggi draconiane dell'istituto? Oh, enorme paradosso, troppo assurdo per essere risolto!

In un angolo del possente muro se ne stava torvo un cancello ancor più possente. Aveva borchie, bulloni e chiavistelli, ed era sormontato da aguzzi spuntoni di ferro. Che senso di profondo sgomento ispirava! Non veniva mai aperto, salvo per i tre regolari andirivieni già menzionati; nello stridio dei suoi possenti cardini, sentivamo allora una misteriosa pienezza: un universo di pensieri solenni, o di ancor più solenni meditazioni.

Il terreno recintato dalle mura era di forma irregolare, formato da diversi spazi. Tre o quattro dei più grandi costituivano il cortile in cui giocavamo. Era in piano, e coperto di ghiaia fina e dura. Ricordo bene che non c'erano alberi né panche né altro di simile. Naturalmente era sul retro della casa. Davanti c'era un piccolo giardi-

of the house. In front lay a small parterre, planted with box and other shrubs; but through this sacred division we passed only upon rare occasions indeed—such as a first advent to school or final departure thence, or perhaps, when a parent or friend having called for us, we joyfully took our way home for the Christmas or Midsummer holydays.

But the house!—how quaint an old building was this!—to me how veritably a palace of enchantment! There was really no end to its windings—to its incomprehensible subdivisions. It was difficult, at any given time, to say with certainty upon which of its two stories one happened to be. From each room to every other there were sure to be found three or four steps either in ascent or descent. Then the lateral branches were innumerable—inconceivable—and so returning in upon themselves, that our most exact ideas in regard to the whole mansion were not very far different from those with which we pondered upon infinity. During the five years of my residence here, I was never able to ascertain with precision, in what remote locality lay the little sleeping apartment assigned to myself and some eighteen or twenty other scholars.

The school-room was the largest in the house—I could not help thinking, in the world. It was very long, narrow, and dismally low, with pointed

no, con siepi ed altri arbusti; ma da quello spazio sacro passavamo solo in rare occasioni, come il primo ingresso a scuola o la partenza finale, oppure, magari, quando un parente o amico ci faceva chiamare e con gioia ci incamminavamo verso casa per le vacanze natalizie o estive.

Ma la casa, che strano edificio era: per me davvero un palazzo incantato! Non c'era fine ai suoi labirinti, alle sue incomprensibili ripartizioni. Era difficile, in qualsiasi momento, dire con certezza se si fosse in uno o nell'altro dei suoi due piani. Tra una stanza e l'altra, di sicuro ci si sarebbe imbattuti in tre o quattro gradini in salita o in discesa. I rami laterali, poi, erano innumerevoli, imponderabili, e così tortuosi che le nostre nozioni più precise a proposito dell'intera dimora non erano molto diverse da quelle con cui ci figuravamo l'infinito. Nei cinque anni del mio soggiorno lì, non fui capace di accertare con esattezza in quale arcana posizione si trovasse lo stanzone sonnacchioso assegnato a me e ad altri diciotto o venti studenti.

La stanza dove si tenevano le lezioni era la più grande della casa; non potevo non pensare, del mondo. Era molto lunga, stretta, e terribilmente bassa, con aguzze finestre gotiche e il soffitto di rovere. In un angolo lontano e spaventoso c'era un quadrato di otto o dieci piedi, in cui si trovava

Gothic windows and a ceiling of oak. In a remote and terror-inspiring angle was a square enclosure of eight or ten feet, comprising the *sanctum*, «during hours,» of our principal, the Reverend Dr. Bransby. It was a solid structure, with massy door, sooner than open which in the absence of the «Dominie,» we would all have willingly perished by the *peine forte et dure*. In other angles were two other similar boxes, far less reverenced, indeed, but still greatly matters of awe. One of these was the pulpit of the «classical» usher, one of the «English and mathematical.» Interspersed about the room, crossing and recrossing in endless irregularity, were innumerable benches and desks, black, ancient, and time-worn, piled desperately with much-bethumbed books, and so beseamed with initial letters, names at full length, grotesque figures, and other multiplied efforts of the knife, as to have entirely lost what little of original form might have been their portion in days long departed. A huge bucket with water stood at one extremity of the room, and a clock of stupendous dimensions at the other.

Encompassed by the massy walls of this venerable academy, I passed, yet not in tedium or disgust, the years of the third lustrum of my life. The teeming brain of childhood requires no external world of incident to occupy or amuse it; and the apparently dismal monotony of a school was re-

il *sancta sanctorum*, durante le lezioni, del nostro direttore, il reverendo dottor Bransby. Era una struttura solida, con una porta massiccia; piuttosto che aprirla in assenza del *dominus*, avremmo preferito patire la *peine forte et dure*, la morte per schiacciamento. In altri angoli c'erano due spazi analoghi, decisamente meno reverenziali, certo, eppure motivo di grande stupore. In uno c'era la cattedra dell'insegnante di lingue classiche, nell'altro quella del docente di inglese e matematica. Sparsi per la stanza, disposti in maniera irregolare, c'erano molte panche e molti banchi, neri, antichi e consunti dal tempo, disperatamente gremiti di libri sfogliati e risfogliati, così incisi di iniziali, nomi interi, disegni deformi e mille altri lavori di temperino da aver perso quel po' di forma originale che dovevano aver avuto in un tempo ormai lontano. Un gran secchio d'acqua stava a un'estremità della stanza, e nell'altra un orologio di straordinarie dimensioni.

Circondato dalle massicce mura di questo venerabile istituto, passai, senza tedio né disgusto, il terzo lustro della mia vita. L'affollata mente infantile non richiede un mondo esterno di accadimenti per tenersi occupata o per divertirsi; e l'apparente tetra monotonia della scuola la riempiva con più intensa eccitazione di quanto in seguito la mia giovinezza avrebbe tratto dalla lus-

plete with more intense excitement than my riper youth has derived from luxury, or my full manhood from crime. Yet I must believe that my first mental development had in it much of the uncommon—even much of the *outre*. Upon mankind at large the events of very early existence rarely leave in mature age any definite impression. All is gray shadow—a weak and irregular remembrance—an indistinct regathering of feeble pleasures and phantasmagoric pains. With me this is not so. In childhood I must have felt with the energy of a man what I now find stamped upon memory in lines as vivid, as deep, and as durable as the *exergues* of the Carthaginian medals.

Yet in fact—in the fact of the world's view—how little was there to remember! The morning's awakening, the nightly summons to bed; the connings, the recitations; the periodical half-holidays, and perambulations; the play-ground, with its broils, its pastimes, its intrigues;—these, by a mental sorcery long forgotten, were made to involve a wilderness of sensation, a world of rich incident, an universe of varied emotion, of excitement the most passionate and spirit-stirring. «*Oh, le bon temps, que ce siècle de fer!*»

In truth, the ardor, the enthusiasm, and the imperiousness of my disposition, soon rendered me a marked character among my schoolmates, and by

suria, o l'età adulta dal crimine. Eppure ritengo che a quella siano dovuti la stranezza, e persino la stravaganza, del primo sviluppo della mia mente. Generalmente gli eventi della prima parte della vita degli esseri umani conservano di rado negli adulti una impressione precisa. Tutto è grigia ombra: un ricordo debole e irregolare, un indistinto cumulo di flebili piaceri e fantasmagoriche sofferenze. Per me non è così. Nell'infanzia devo aver sentito con l'energia di un adulto ciò che ora trovo stampato nella memoria in linee così vivide, profonde e durature come gli esergHi delle medaglie puniche.

Eppure, secondo l'opinione comune, quanto poco ci sarebbe stato da ricordare! Il risveglio al mattino, il richiamo per andare a letto la sera; lo studio a memoria, le recitazioni; le periodiche vacanze di metà anno, le passeggiate; il cortile, con la sua calura, i suoi passatempi, i suoi intrighi. Queste cose, per un incantesimo mentale a lungo dimenticate, erano fatte per coinvolgere una selva di sensazioni, un universo di prodighi accadimenti, di varie emozioni, di appassionata esaltazione. *Oh, le bon temps, que ce siècle de fer!*

In verità, l'ardore, l'entusiasmo e l'imperiosità della mia indole mi resero presto un personaggio di riguardo tra i miei compagni di scuola, e a poco a poco mi diedero un naturale ascendente su

slow, but natural gradations, gave me an ascendancy over all not greatly older than myself;—over all with a single exception. This exception was found in the person of a scholar, who, although no relation, bore the same Christian and surname as myself;—a circumstance, in fact, little remarkable; for, notwithstanding a noble descent, mine was one of those every-day appellations which seem, by prescriptive right, to have been, time out of mind, the common property of the mob. In this narrative I have therefore designated myself as William Wilson,—a fictitious title not very dissimilar to the real. My namesake alone, of those who in school-phraseology constituted «our set,» presumed to compete with me in the studies of the class—in the sports and broils of the play-ground—to refuse implicit belief in my assertions, and submission to my will—indeed, to interfere with my arbitrary dictation in any respect whatsoever. If there is on earth a supreme and unqualified despotism, it is the despotism of a master-mind in boyhood over the less energetic spirits of its companions.

Wilson's rebellion was to me a source of the greatest embarrassment; the more so as, in spite of the bravado with which in public I made a point of treating him and his pretensions, I secretly felt that I feared him, and could not help thinking the equality which he maintained so easily with my-

tutti quelli non molto più grandi di me; tutti, con una sola eccezione. Questa eccezione consisteva nella persona di uno studente che, pur senza avere legami di parentela, portava il mio stesso nome e cognome; circostanza, in effetti, poco significativa poiché, nonostante nobili natali, il mio era uno di quei nomi comuni che da tempo immemore paiono essere, per inderogabile diritto, proprietà comune della folla. In questo racconto perciò mi riferisco a me stesso come William Wilson, un appellativo fittizio non molto dissimile da quello reale. Solo il mio omonimo, di quelli che nel gergo scolastico costituivano la «nostra cerchia», pensava di poter competere con me negli studi, nei divertimenti e nelle dispute in cortile, rifiutava di credere alle mie asserzioni e di sottomettersi alla mia volontà, e interferiva in ogni modo con il mio arbitrio. Se c'è sulla terra un supremo e incondizionato dispotismo, è il dispotismo di una mente fanciulla portata al comando sugli spiriti meno energici dei suoi compagni.

La ribellione di Wilson era per me fonte di grande imbarazzo; soprattutto poiché, malgrado l'arroganza con cui in pubblico liquidavo lui e le sue pretese, in segreto sentivo di temerlo, e non potevo evitare di pensare a come mi tenesse facilmente testa, a riprova della sua autentica supe-

self, a proof of his true superiority; since not to be overcome cost me a perpetual struggle. Yet this superiority—even this equality—was in truth acknowledged by no one but myself; our associates, by some unaccountable blindness, seemed not even to suspect it. Indeed, his competition, his resistance, and especially his impertinent and dogged interference with my purposes, were not more pointed than private. He appeared to be destitute alike of the ambition which urged, and of the passionate energy of mind which enabled me to excel. In his rivalry he might have been supposed actuated solely by a whimsical desire to thwart, astonish, or mortify myself; although there were times when I could not help observing, with a feeling made up of wonder, abasement, and pique, that he mingled with his injuries, his insults, or his contradictions, a certain most inappropriate, and assuredly most unwelcome *affectionateness* of manner. I could only conceive this singular behavior to arise from a consummate self-conceit assuming the vulgar airs of patronage and protection.

Perhaps it was this latter trait in Wilson's conduct, conjoined with our identity of name, and the mere accident of our having entered the school upon the same day, which set afloat the notion that we were brothers, among the senior classes in the academy. These do not usually inquire with much

riorità, dato che non essere superato mi costava una continua lotta. Ma in verità questa superiorità, o uguaglianza che fosse, era riconosciuta solo da me; i nostri compagni, per un'inspiegabile cecità, non sembravano nemmeno sospettarla. La sua rivalità, le sue resistenze e soprattutto la sua impertinente e ostinata intromissione nei miei propositi, infatti, venivano affermate solo in privato. Pareva privo sia dell'ambizione che mi spingeva sia di quell'appassionata energia mentale che mi permetteva di eccellere. Si poteva pensare che nel suo antagonismo fosse spinto solo da un singolare desiderio di contrastarmi, di stupirmi o di mortificarmi; ma c'erano volte in cui non potevo non osservare, con un senso di meraviglia, di umiliazione e di stizza, che alle sue offese, ai suoi insulti o al suo contraddire si mescolava una certa *affettuosità* di circostanza del tutto inappropriata e di sicuro non gradita. Immaginavo che questo curioso comportamento derivasse da una consumata arroganza che si dava l'aria volgare di tutela e protezione.

Fu forse quest'ultimo tratto nella condotta di Wilson, insieme alla nostra omonimia, alla mera coincidenza di essere entrati a scuola lo stesso giorno, a diffondere la voce che fossimo fratelli tra le ultime classi dell'istituto. Di solito gli studenti anziani non si interessano molto agli affari

strictness into the affairs of their juniors. I have before said, or should have said, that Wilson was not, in the most remote degree, connected with my family. But assuredly if we *had* been brothers we must have been twins; for, after leaving Dr. Bransby's, I casually learned that my namesake was born on the nineteenth of January, 1813—and this is a somewhat remarkable coincidence; for the day is precisely that of my own nativity.

It may seem strange that in spite of the continual anxiety occasioned me by the rivalry of Wilson, and his intolerable spirit of contradiction, I could not bring myself to hate him altogether. We had, to be sure, nearly every day a quarrel in which, yielding me publicly the palm of victory, he, in some manner, contrived to make me feel that it was he who had deserved it; yet a sense of pride on my part, and a veritable dignity on his own, kept us always upon what are called «speaking terms,» while there were many points of strong congeniality in our tempers, operating to awake in me a sentiment which our position alone, perhaps, prevented from ripening into friendship. It is difficult, indeed, to define, or even to describe, my real feelings towards him. They formed a motley and heterogeneous admixture;—some petulant animosity, which was not yet hatred, some esteem, more respect, much fear, with a world of uneasy

dei più piccoli. Ho detto prima, o avrei dovuto dire, che Wilson non era mio parente neanche alla lontana. Ma certamente, se fossimo stati fratelli, saremmo stati gemelli; dopo aver lasciato la scuola del dottor Bransby, ho saputo casualmente che il mio omonimo era nato il 19 gennaio 1813, e questa è una coincidenza per certi versi considerevole, dal momento che è il giorno esatto della mia nascita.

Potrebbe sembrare strano che, malgrado la continua ansia che mi suscitava la rivalità di Wilson e il suo intollerabile spirito di contraddizione, nondimeno non riuscissi a odiarlo. Quasi ogni giorno, certo, avevamo da discutere e, nel concedermi la pubblica palma della vittoria, lui, in qualche modo, mi costringeva a credere che sarebbe stato lui a meritarla; ma, se il mio orgoglio e la sua dignità ci tennero sempre a una cortese distanza, in molti aspetti dei nostri caratteri c'era una forte congenialità, che finiva per suscitare in me la sensazione che fossero le nostre posizioni, forse, a impedire lo sbocciare di un'amicizia. È difficile, infatti, spiegare, o anche soltanto descrivere, ciò che provavo davvero per lui. Era un impasto variopinto ed eterogeneo: un'ostilità stizzita che non diventava mai disprezzo, un po' di stima, un po' più di rispetto, ancor più paura, e un pizzico di inquieta curiosità. Per il moralista

curiosity. To the moralist it will be unnecessary to say, in addition, that Wilson and myself were the most inseparable of companions.

It was no doubt the anomalous state of affairs existing between us, which turned all my attacks upon him, (and they were many, either open or covert) into the channel of banter or practical joke (giving pain while assuming the aspect of mere fun) rather than into a more serious and determined hostility. But my endeavors on this head were by no means uniformly successful, even when my plans were the most wittily concocted; for my namesake had much about him, in character, of that unassuming and quiet austerity which, while enjoying the poignancy of its own jokes, has no heel of Achilles in itself, and absolutely refuses to be laughed at. I could find, indeed, but one vulnerable point, and that, lying in a personal peculiarity, arising, perhaps, from constitutional disease, would have been spared by any antagonist less at his wit's end than myself;—my rival had a weakness in the faucial or guttural organs, which precluded him from raising his voice at any time *above a very low whisper*. Of this defect I did not fail to take what poor advantage lay in my power.

Wilson's retaliations in kind were many; and there was one form of his practical wit that disturbed me beyond measure. How his sagacity first

sarà inutile dire, oltre a ciò, che Wilson e io eravamo i più inseparabili compagni.

Fu senza dubbio l'anomalo stato del nostro rapporto a convogliare tutti i miei attacchi contro di lui (e furono molti, manifesti o nascosti) entro i canali della battuta o dello scherzo (per provocare dolore simulando divertimento) invece di un'ostilità più seria e decisa. Ma i miei sforzi in questo senso rimanevano sempre infruttuosi, anche quando i miei piani erano concepiti con più acume; poiché il mio omonimo aveva abbastanza, nel suo carattere, di quel rigore calmo e senza pretese che, mentre gioisce dei propri scherzi velenosi non mostra talloni d'Achille, e rende impossibile farsi beffe di lui. Potevo trovare, in effetti, un punto debole, che risiedeva in una peculiarità personale e derivava forse da un difetto congenito, che ogni altro rivale meno a corto di mezzi di me avrebbe risparmiato: aveva una carenza negli organi della bocca o della gola che gli impediva di alzare la voce *al di sopra di un minuscolo sussurro*. Da questo difetto non mancavo di trarre ogni piccolo vantaggio fosse in mio potere.

Le ritorsioni di Wilson erano di vario genere; e c'era un aspetto del suo ingegno che mi disturbava oltremodo. Come la sua sagacia avesse potuto scoprire quanto mi avrebbe tormentato una

discovered at all that so petty a thing would vex me, is a question I never could solve; but having discovered, he habitually practised the annoyance. I had always felt aversion to my uncourtly patronymic, and its very common, if not plebeian prænomen. The words were venom in my ears; and when, upon the day of my arrival, a second William Wilson came also to the academy, I felt angry with him for bearing the name, and doubly disgusted with the name because a stranger bore it, who would be the cause of its twofold repetition, who would be constantly in my presence, and whose concerns, in the ordinary routine of the school business, must inevitably, on account of the detestable coincidence, be often confounded with my own.

The feeling of vexation thus engendered grew stronger with every circumstance tending to show resemblance, moral or physical, between my rival and myself. I had not then discovered the remarkable fact that we were of the same age; but I saw that we were of the same height, and I perceived that we were even singularly alike in general contour of person and outline of feature. I was galled, too, by the rumor touching a relationship, which had grown current in the upper forms. In a word, nothing could more seriously disturb me, (although I scrupulously concealed such disturbance,) than any allusion to a similarity of mind,

cosa così futile non l'ho mai potuto capire; ma, avendola scoperta, sfruttava abitualmente quella seccatura. Mi hanno sempre ripugnato il mio cognome non aristocratico e il mio nome molto comune, se non plebeo. Quelle parole erano veleno alle mie orecchie; e quando, dal giorno del mio arrivo, anche un secondo William Wilson era giunto in istituto, mi ero arrabbiato con lui perché portava il mio nome, ed ero doppiamente disgustato con il nome perché era addosso a un estraneo, motivo della sua doppia ripetizione, sempre in mia presenza. I suoi affari, nell'ordinaria routine scolastica, avrebbero inevitabilmente finito, per via di quella detestabile coincidenza, per essere spesso confusi con i miei.

Tale tormento crebbe più forte a ogni circostanza che mostrava la somiglianza, morale o fisica, tra il mio rivale e me. Non avevo allora scoperto il fatto non da poco che avessimo la stessa età; ma vidi che eravamo alti uguale, e intuii persino una curiosa somiglianza nel profilo e nei tratti somatici. Ero infastidito, inoltre, dalle voci di una parentela, che erano diventate molto comuni. In breve, nulla mi poteva disturbare di più, benché celassi accuratamente tale disagio, di qualunque allusione a una affinità mentale, personale o di condizione sociale tra noi due. Ma, in verità, non avevo ragione di credere che tale

person, or condition existing between us. But, in truth, I had no reason to believe that (with the exception of the matter of relationship, and in the case of Wilson himself,) this similarity had ever been made a subject of comment, or even observed at all by our schoolfellows. That *he* observed it in all its bearing, and as fixedly as I, was apparent; but that he could discover in such circumstances so fruitful a field of annoyance, can only be attributed, as I said before, to his more than ordinary penetration.

His cue, which was to perfect an imitation of myself, lay both in words and in actions; and most admirably did he play his part. My dress it was an easy matter to copy; my gait and general manner were, without difficulty, appropriated; in spite of his constitutional defect, even my voice did not escape him. My louder tones were, of course, unattempted, but then the key, it was identical; *and his singular whisper, it grew the very echo of my own.*

How greatly this most exquisite portraiture harassed me, (for it could not justly be termed a caricature,) I will not now venture to describe. I had but one consolation—in the fact that the imitation, apparently, was noticed by myself alone, and that I had to endure only the knowing and strangely sarcastic smiles of my namesake himself. Satisfied with having produced in my bosom the in-

somiglianza (tranne la questione della parentela, e quella del nome) sia mai stata oggetto di commenti, o anche solo notata dai nostri compagni. Che *lui* ne scorgesse tutte le conseguenze, e ne fosse ossessionato come me, era evidente; ma che avesse scoperto in tali coincidenze un fertile campo di tormento, non poteva che essere attribuito, come ho già detto, al suo intuito fuori dal comune.

Il suo segno distintivo si componeva di parole e di azioni, a perfetta imitazione del mio; ed egli inscenava la parte a meraviglia. Era facile riprodurre il mio abbigliamento; la mia andatura e i miei modi divennero suoi senza difficoltà; malgrado il suo difetto congenito, persino la mia voce non gli sfuggiva. Il mio tono più profondo, naturalmente, rimaneva irraggiungibile, ma il timbro era identico; *e il suo curioso sussurro divenne come un'eco del mio.*

Non starò ora a descrivere a qual punto mi disturbasse questo squisito modo di ritrarmi (poiché non lo si poteva definire una semplice caricatura). Non mi restava che una consolazione: apparentemente, ero l'unico a notare l'imitazione, e dovevo sopportare solamente i sorrisi scaltri e curiosamente sarcastici del mio omonimo. Pago di aver prodotto dentro di me l'effetto desiderato, pareva sogghignare in segreto del fastidio inflit-

tended effect, he seemed to chuckle in secret over the sting he had inflicted, and was characteristically disregardful of the public applause which the success of his witty endeavors might have so easily elicited. That the school, indeed, did not feel his design, perceive its accomplishment, and participate in his sneer, was, for many anxious months, a riddle I could not resolve. Perhaps the *gradation* of his copy rendered it not so readily perceptible; or, more possibly, I owed my security to the masterly air of the copyist, who, disdaining the letter, (which in a painting is all the obtuse can see,) gave but the full spirit of his original for my individual contemplation and chagrin.

I have already more than once spoken of the disgusting air of patronage which he assumed toward me, and of his frequent officious interference with my will. This interference often took the ungracious character of advice; advice not openly given, but hinted or insinuated. I received it with a repugnance which gained strength as I grew in years. Yet, at this distant day, let me do him the simple justice to acknowledge that I can recall no occasion when the suggestions of my rival were on the side of those errors or follies so usual to his immature age and seeming inexperience; that his moral sense, at least, if not his general talents and worldly wisdom, was far keener than my own;

to, e una sua caratteristica era il disinteresse per il plauso generale che il successo di quei sapienti sforzi avrebbe potuto suscitare così facilmente. Che nessuno a scuola conoscesse il suo piano, ne scorgesse gli esiti e si unisse ai sogghigni, fu in effetti, per molti mesi d'angoscia, un enigma per me irresolubile. Forse il *livello* della sua imitazione la rendeva non così facile da riconoscere; o, più probabilmente, la mia salvezza era dovuta alla maestria del copista, che disdegnava la pedissequa riproduzione (che in un dipinto è tutto ciò che vede lo sciocco) per riservare l'autentico spirito del suo originale alla mia individuale contemplazione e mortificazione.

Ho già più volte accennato alla ripugnante aria di protezione che assumeva nei miei confronti, e alla frequente invadenza con cui interferiva con la mia volontà. Questa intrusione spesso aveva la malagrazia del consiglio: un consiglio non dato apertamente, ma indiretto o insinuato. Mi causava una ripugnanza che col passare del tempo crebbe con me. Eppure, a distanza di anni, devo fare giustizia al mio rivale e riconoscere che non ricordo una sola occasione in cui i suoi suggerimenti presentassero gli errori o le sciocchezze propri della sua età e della sua apparente inesperienza; il suo senso morale, perlomeno, se non l'insieme dei suoi talenti e la sua conoscenza del

and that I might, to-day, have been a better, and thus a happier man, had I less frequently rejected the counsels embodied in those meaning whispers which I then but too cordially hated and too bitterly despised.

As it was, I at length grew restive in the extreme under his distasteful supervision, and daily resented more and more openly what I considered his intolerable arrogance. I have said that, in the first years of our connexion as schoolmates, my feelings in regard to him might have been easily ripened into friendship; but, in the latter months of my residence at the academy, although the intrusion of his ordinary manner had, beyond doubt, in some measure, abated, my sentiments, in nearly similar proportion, partook very much of positive hatred. Upon one occasion he saw this, I think, and afterwards avoided, or made a show of avoiding me.

It was about the same period, if I remember aright, that, in an altercation of violence with him, in which he was more than usually thrown off his guard, and spoke and acted with an openness of demeanor rather foreign to his nature, I discovered, or fancied I discovered, in his accent, his air, and general appearance, a something which first startled, and then deeply interested me, by bringing to mind dim visions of my earliest infancy—

mondo, era decisamente più fine del mio; e sarei oggi un uomo migliore, e più felice, se avessi rifiutato qualche volta in meno i consigli che venivano da quegli eloquenti sussurri che allora sapevo solo odiare cordialmente e disprezzare rabbiosamente.

Come che fosse, divenni sempre più insofferente alla sua sgradevole tutela, e ogni giorno mi risentivo sempre più apertamente per ciò che reputavo intollerabile arroganza. Ciò detto, nei primi anni del nostro legame come compagni di scuola, i miei sentimenti nei suoi confronti avrebbero potuto facilmente sbocciare in un'amicizia; ma, negli ultimi mesi del mio soggiorno nell'istituto, nonostante l'invadenza del suo solito atteggiamento si fosse, oltre ogni margine di dubbio, ridotta, i miei sentimenti, in analoga proporzione, si volsero verso il più assoluto disprezzo. In un'occasione se ne accorse, credo, e da allora mi evitò, o diede mostra di evitarmi.

Era pressappoco all'epoca, se ben ricordo, in cui, durante un alterco violento con lui, nel quale aveva insolitamente abbassato la guardia, parlando e agendo apertamente, in modo alquanto estraneo alla sua natura, scoprii, o mi parve di scoprire, nella sua enfasi, nel suo portamento e nell'aspetto generale, qualcosa che dapprima mi sorprese e poi si impossessò del mio interesse,

wild, confused and thronging memories of a time when memory herself was yet unborn. I cannot better describe the sensation which oppressed me, than by saying that I could with difficulty shake off the belief of my having been acquainted with the being who stood before me, at some epoch very long ago—some point of the past even infinitely remote. The delusion, however, faded rapidly as it came; and I mention it at all but to define the day of the last conversation I there held with my singular namesake.

The huge old house, with its countless subdivisions, had several large chambers communicating with each other, where slept the greater number of the students. There were, however, (as must necessarily happen in a building so awkwardly planned,) many little nooks or recesses, the odds and ends of the structure; and these the economic ingenuity of Dr. Bransby had also fitted up as dormitories; although, being the merest closets, they were capable of accommodating but a single individual. One of these small apartments was occupied by Wilson.

One night, about the close of my fifth year at the school, and immediately after the altercation just mentioned, finding every one wrapped in sleep, I arose from bed, and, lamp in hand, stole through a wilderness of narrow passages from

riportando alla mente fioche immagini della mia prima infanzia: affastellati ricordi, confusi e istintivi, di un tempo in cui la memoria stessa ancora doveva nascere. Non posso descrivere meglio la sensazione che mi opprimeva se non col dire che avrei potuto a stento scrollarmi di dosso la convinzione di conoscere quell'essere che avevo davanti da un tempo molto lontano, da un momento nel passato addirittura infinitamente remoto. Quella visione, in ogni caso, si dissolse rapida com'era venuta; e la menziono solo per chiarire il giorno dell'ultima conversazione che ebbi con il mio singolare omonimo.

L'enorme vecchia casa, con i suoi innumerevoli locali, aveva molte grandi camerate tra loro comunicanti, dove dormiva gran parte degli studenti. C'erano tuttavia (come poteva essere diversamente, in uno stabile così mal pensato) molti piccoli vani o nicchie che rendevano quell'edificio così particolare; l'ingenua parsimonia del dottor Bransby aveva riadattato anch'essi a dormitori; sebbene, essendo poco più che guardaroba, fossero capaci di accogliere una sola persona. In uno di questi minuscoli vani alloggiava Wilson.

Una notte, verso la fine del mio quinto anno nella scuola, e immediatamente dopo l'alterco menzionato poc'anzi, mentre tutti erano immer-

my own bedroom to that of my rival. I had long been plotting one of those ill-natured pieces of practical wit at his expense in which I had hitherto been so uniformly unsuccessful. It was my intention, now, to put my scheme in operation, and I resolved to make him feel the whole extent of the malice with which I was imbued. Having reached his closet, I noiselessly entered, leaving the lamp, with a shade over it, on the outside. I advanced a step, and listened to the sound of his tranquil breathing. Assured of his being asleep, I returned, took the light, and with it again approached the bed. Close curtains were around it, which, in the prosecution of my plan, I slowly and quietly withdrew, when the bright rays fell vividly upon the sleeper, and my eyes, at the same moment, upon his countenance. I looked;—and a numbness, an iciness of feeling instantly pervaded my frame. My breast heaved, my knees tottered, my whole spirit became possessed with an objectless yet intolerable horror. Gasping for breath, I lowered the lamp in still nearer proximity to the face. Were these,—these the lineaments of William Wilson? I saw, indeed, that they were his, but I shook as if with a fit of the ague, in fancying they were not. What was there about them to confound me in this manner? I gazed;—while my brain reeled with a multitude of incoherent thoughts. Not thus he appeared—

si nel sonno, mi alzai dal letto, e, con la lampada in mano, sgattaiolai per una stretta selva di anditi dalla mia camera da letto a quella del mio rivale. A lungo avevo tramato una di quelle perfide beffe nei suoi confronti che fino a quel momento erano inevitabilmente fallite. Era mia intenzione, allora, mettere in opera il mio progetto, e fargli provare per intero tutta la malizia che avevo dentro. Dopo aver raggiunto la sua nicchia, entrai senza far rumore, lasciando la lampada fuori, coperta da un paralume. Feci un passo avanti, e potei udire il suo calmo respiro. Dopo essermi assicurato che dormisse, tornai indietro, ripresi la lampada e mi riaccostai al letto. Le cortine intorno erano chiuse e, per eseguire il mio piano, poco a poco, in silenzio, le scostai, finché la luce non lo illuminò e io potei vederlo nel sonno. Lo osservai, e d'improvviso fui colto da una gelida, distaccata insensibilità. Mi si gonfiò il petto, le ginocchia vacillarono, il mio intero spirito fu preda di un orrore insensato eppure intollerabile. Respirando affannosamente, avvicinai ancora la lampada al suo viso. Erano questi, questi, i lineamenti di William Wilson? Vidi, infatti, che erano i suoi, ma ebbi un brivido febbrile immaginando che non lo fossero. Cosa c'era in essi da confondermi a tal punto? Lo osservai, mentre una folla di pensieri incoerenti si agitava nella mia mente.

assuredly not thus—in the vivacity of his waking hours. The same name! the same contour of person! the same day of arrival at the academy! And then his dogged and meaningless imitation of my gait, my voice, my habits, and my manner! Was it, in truth, within the bounds of human possibility, that *what I now saw* was the result, merely, of the habitual practice of this sarcastic imitation? Awe-stricken, and with a creeping shudder, I extinguished the lamp, passed silently from the chamber, and left, at once, the halls of that old academy, never to enter them again.

After a lapse of some months, spent at home in mere idleness, I found myself a student at Eton. The brief interval had been sufficient to enfeeble my remembrance of the events at Dr. Bransby's, or at least to effect a material change in the nature of the feelings with which I remembered them. The truth—the tragedy—of the drama was no more. I could now find room to doubt the evidence of my senses; and seldom called up the subject at all but with wonder at the extent of human credulity, and a smile at the vivid force of the imagination which I hereditarily possessed. Neither was this species of skepticism likely to be diminished by the character of the life I led at Eton. The vortex of thoughtless folly into which I there so immediately and so recklessly plunged, washed

Non era questo il suo aspetto – certo non questo – durante le ore del giorno. Lo stesso nome! Gli stessi lineamenti! L'arrivo nell'istituto lo stesso giorno! E poi il suo caparbio, insensato imitare i miei passi, la mia voce, le mie abitudini, i miei modi! *Ciò che vedevo* in quel momento era davvero, nei limiti delle umane possibilità, solo il risultato della pratica abituale di quella sarcastica imitazione? Sbigottito, e con un fremito strisciante, spensi la lampada, uscii in silenzio dalla camera e lasciai le sale di quel vecchio istituto, per non rientrarci mai più.

Dopo qualche mese, trascorso a casa in puro ozio, mi ritrovai studente a Eton. Il breve intervallo era bastato a indebolire il ricordo di ciò che era successo alla scuola del dottor Bransby, o almeno a produrre un cambiamento significativo nei miei sentimenti al riguardo. Non aveva più forza drammatica, tragica. Potevo ora mettere in dubbio l'evidenza sensibile; e di rado rievocavo l'accaduto se non per meravigliarmi del potere della credulità umana, e sorridere di quella forte, vivida immaginazione che possedevo per via ereditaria. Né il tipo di vita che conducevo a Eton pareva poter ridurre questa specie di scetticismo. Il vortice di spensierata follia in cui mi ero subito tuffato così sconsideratamente lavava via tutto il mio passato, tran-

away all but the froth of my past hours, ingulfed at once every solid or serious impression, and left to memory only the veriest levities of a former existence.

I do not wish, however, to trace the course of my miserable profligacy here—a profligacy which set at defiance the laws, while it eluded the vigilance of the institution. Three years of folly, passed without profit, had but given me rooted habits of vice, and added, in a somewhat unusual degree, to my bodily stature, when, after a week of soulless dissipation, I invited a small party of the most dissolute students to a secret carousal in my chambers. We met at a late hour of the night; for our debaucheries were to be faithfully protracted until morning. The wine flowed freely, and there were not wanting other and perhaps more dangerous seductions; so that the gray dawn had already faintly appeared in the east, while our delirious extravagance was at its height. Madly flushed with cards and intoxication, I was in the act of insisting upon a toast of more than wonted profanity, when my attention was suddenly diverted by the violent, although partial unclosing of the door of the apartment, and by the eager voice of a servant from without. He said that some person, apparently in great haste, demanded to speak with me in the hall.

ne le inezie, e faceva un sol boccone di ogni impressione seria o importante, lasciando alla memoria solo gli aspetti più frivoli dell'esistenza precedente.

Non vorrei, comunque, rievocare qui il miserevole corso della mia depravazione: una depravazione che sfidava le leggi, eludendo la sorveglianza della scuola. Tre anni deliranti, trascorsi senza profitto, non avevano fatto altro che radicare in me le abitudini del vizio, e aumentare la mia statura in misura inconsueta, quando, dopo una settimana di depravazioni senza ritegno, invitai un gruppetto di studenti tra i più sregolati a un ritrovo clandestino nelle mie camere. Ci incontrammo a tarda notte, poiché le nostre dissolutezze promettevano di protrarsi fino al mattino. Il vino scorreva liberamente, e non mancavano altre seduzioni, forse più pericolose; tanto che la fioca foschia dell'alba era già apparsa ad oriente, mentre la nostra sfarzosa follia giungeva al suo apice. Paonazzo oltremisura per le carte e gli eccessi, stavo per proporre un nuovo brindisi più osceno del solito, quando d'improvviso fui distratto dal violento, seppur parziale, schiudersi della porta d'appartamento, e dalla voce agitata di un servo da fuori. Diceva che una persona, evidentemente con molto urgenza, chiedeva di parlare in sala con me.

Wildly excited with wine, the unexpected interruption rather delighted than surprised me. I staggered forward at once, and a few steps brought me to the vestibule of the building. In this low and small room there hung no lamp; and now no light at all was admitted, save that of the exceedingly feeble dawn which made its way through the semi-circular window. As I put my foot over the threshold, I became aware of the figure of a youth about my own height, and habited in a white kerseymere morning frock, cut in the novel fashion of the one I myself wore at the moment. This the faint light enabled me to perceive; but the features of his face I could not distinguish. Upon my entering, he strode hurriedly up to me, and, seizing me by the arm with a gesture of petulant impatience, whispered the words «William Wilson!» in my ear.

I grew perfectly sober in an instant.

There was that in the manner of the stranger, and in the tremulous shake of his uplifted finger, as he held it between my eyes and the light, which filled me with unqualified amazement; but it was not this which had so violently moved me. It was the pregnancy of solemn admonition in the singular, low, hissing utterance; and, above all, it was the character, the tone, the *key*, of those few, simple, and familiar, yet *whispered* syllables, which came with a thousand thronging memories of by-gone

Su di giri per il vino, fui più deliziato che sorpreso da quell'interruzione inattesa. Balzai subito in piedi, e pochi passi mi portarono al vestibolo dell'edificio. In quella bassa stanzetta non erano appese lampade; e in quel momento non entrava alcuna luce, a parte quella molto fioca dell'alba che penetrava dalla finestra semicircolare. Mentre con un piede varcavo la soglia, vidi la sagoma di un giovane della mia altezza, vestito con un bianco abito di cachemire, dello stesso taglio alla moda che indossavo anch'io. Questo è quanto la luce fioca mi permetteva di distinguere; ma non potevo riconoscere le fattezze del viso. Entrando, si affrettò a grandi passi verso di me, e, prendendomi il braccio con un gesto stizzito e impaziente, sussurrò alle mie orecchie le parole: «William Wilson!».

Tornai all'istante perfettamente sobrio.

C'era qualcosa nei modi di quello straniero, e nel tremore del suo dito alzato, che teneva tra i miei occhi e la luce, che mi riempiva di incondizionato stupore; ma non era questo che mi aveva scosso con tanta violenza. C'era la solennità di un avvertimento nella sua voce strana, bassa, sibilante; e, soprattutto, erano il carattere, il tono, lo *stile* di quelle poche sillabe, semplici e familiari, sebbene *sibilate*, a portare con sé mille affollati ricordi dei giorni andati, e a scuotermi l'anima

days, and struck upon my soul with the shock of a galvanic battery. Ere I could recover the use of my senses he was gone.

Although this event failed not of a vivid effect upon my disordered imagination, yet was it evanescent as vivid. For some weeks, indeed, I busied myself in earnest inquiry, or was wrapped in a cloud of morbid speculation. I did not pretend to disguise from my perception the identity of the singular individual who thus perseveringly interfered with my affairs, and harassed me with his insinuated counsel. But who and what was this Wilson?—and whence came he?—and what were his purposes? Upon neither of these points could I be satisfied—merely ascertaining, in regard to him, that a sudden accident in his family had caused his removal from Dr. Bransby's academy on the afternoon of the day in which I myself had eloped. But in a brief period I ceased to think upon the subject, my attention being all absorbed in a contemplated departure for Oxford. Thither I soon went, the uncalculating vanity of my parents furnishing me with an outfit and annual establishment, which would enable me to indulge at will in the luxury already so dear to my heart—to vie in profuseness of expenditure with the haughtiest heirs of the wealthiest earldoms in Great Britain.

come una cella galvanica. Prima che potessi riavermi, se n'era andato.

Quest'evento, pur nella sua evanescenza, non mancò di suscitare un vivido effetto sulla mia disordinata immaginazione. Per qualche settimana, infatti, mi impegnai in serie ricerche, o rimasi avvolto in una morbida nube di riflessioni. Non fingevo di celare a me stesso l'identità di quel singolare individuo che con tanta perseveranza si intrometteva nei miei affari, e mi tormentava insinuando i suoi consigli. Ma chi era questo Wilson? E da dove veniva? E con quali scopi? Non trovavo risposta a nessuna di queste domande, riuscendo soltanto ad accertare, a suo riguardo, che un improvviso incidente familiare aveva causato la sua partenza dall'istituto del dottor Bransby il pomeriggio dello stesso giorno in cui ero scappato io. Ma in breve cessai di pensare all'argomento, e la mia attenzione fu tutta assorbita nell'immaginare la partenza per Oxford, dove finii presto, poiché l'incalcolabile vanità dei miei genitori mi offriva una sistemazione e una rendita annua, che mi consentiva di concedermi a volontà quel lusso già così caro al mio cuore, e competere in prodigalità con i più altezzosi rampolli delle più ricche contee della Gran Bretagna.

Excited by such appliances to vice, my constitutional temperament broke forth with redoubled ardor, and I spurned even the common restraints of decency in the mad infatuation of my revels. But it were absurd to pause in the detail of my extravagance. Let it suffice, that among spendthrifts I out-Heroded Herod, and that, giving name to a multitude of novel follies, I added no brief appendix to the long catalogue of vices then usual in the most dissolute university of Europe.

It could hardly be credited, however, that I had, even here, so utterly fallen from the gentlemanly estate, as to seek acquaintance with the vilest arts of the gambler by profession, and, having become an adept in his despicable science, to practise it habitually as a means of increasing my already enormous income at the expense of the weak-minded among my fellow-collegians. Such, nevertheless, was the fact. And the very enormity of this offence against all manly and honorable sentiment proved, beyond doubt, the main if not the sole reason of the impunity with which it was committed. Who, indeed, among my most abandoned associates, would not rather have disputed the clearest evidence of his senses, than have suspected of such courses, the gay, the frank, the generous William Wilson—the noblest and most liberal commoner at Oxford—him whose follies

Esaltato da tali risorse per i vizi, la mia indole naturale, senza più freni, si scatenò, e io sdegnai persino i comuni vincoli della decenza nella pazza infatuazione per i miei eccessi. Ma sarebbe assurdo perdere tempo nei dettagli del mio delirio. Basti dire che nelle mie prodigalità fui più erodiano di Erode, e nel dar nome a una moltitudine di nuove follie, aggiunsi una non breve appendice al lungo catalogo di vizi allora consueto nelle più dissolute università europee.

Si stenterebbe a credere, in ogni caso, che persino allora fossi sprofondato così lontano dal retaggio della nobiltà da avvicinarmi alla spregevole arte del baro e che, inoltrandomi in questa deprecabile scienza, la praticassi abitualmente per accrescere le mie già enormi entrate a scapito dei più ingenui tra i miei compagni di studi. Così nondimeno stavano le cose. E l'enormità di tale sfregio di ogni sentimento umano e d'onore era la ragione principale se non unica per cui rimanevo impunito. Chi, infatti, tra i miei più sfrenati compari, non avrebbe messo in dubbio l'evidenza dei propri sensi, piuttosto che sospettare di tali azioni l'allegro, sincero, generoso William Wilson, il più nobile e munifico abitante di Oxford, le cui follie (dicevano i parassiti) non erano che le follie della gioventù e di una sfrenata fantasia, i cui errori non erano che inimitabili capricci, il

(said his parasites) were but the follies of youth and unbridled fancy—whose errors but inimitable whim—whose darkest vice but a careless and dashing extravagance?

I had been now two years successfully busied in this way, when there came to the university a young *parvenu* nobleman, Glendinning—rich, said report, as Herodes Atticus—his riches, too, as easily acquired. I soon found him of weak intellect, and, of course, marked him as a fitting subject for my skill. I frequently engaged him in play, and contrived, with the gambler's usual art, to let him win considerable sums, the more effectually to entangle him in my snares. At length, my schemes being ripe, I met him (with the full intention that this meeting should be final and decisive) at the chambers of a fellow-commoner, (Mr. Preston,) equally intimate with both, but who, to do him justice, entertained not even a remote suspicion of my design. To give to this a better coloring, I had contrived to have assembled a party of some eight or ten, and was solicitously careful that the introduction of cards should appear accidental, and originate in the proposal of my contemplated dupe himself. To be brief upon a vile topic, none of the low finesse was omitted, so customary upon similar occasions, that it is a just matter for wonder how any are still found so besotted as to fall its victim.

cui vizio più tenebroso non era che raffinata e disinteressata originalità?

Ero ormai impegnato con successo in questi affari da due anni, quando venne in università un giovane che aveva acquisito il titolo nobiliare, Glendinning – ricco, si diceva, come Erode Attico –, insieme con le sue fortune, altrettanto facilmente acquisite. Presto lo trovai ingenuo, e naturalmente lo giudicai un soggetto adatto al mio talento. Lo feci giocare spesso, e riuscii, come sono soliti fare i bari, a fargli guadagnare considerevoli somme, per avvincerlo nella mia trappola. Da ultimo, essendo i miei piani ormai maturi, lo vidi (con l'intenzione che quello fosse l'ultimo e decisivo incontro) nelle camere di un comune amico, il signor Preston, che era legato allo stesso modo a entrambi, ma che, per fargli onore, non aveva il minimo sospetto del mio raggiro. Per dare all'insieme la giusta atmosfera, misi insieme un gruppo di otto o dieci, e badai con cura che giocare a carte paresse un evento accidentale, su proposta del mio stesso frastornato allocco. Per farla breve su una questione tanto abietta, non trascurai nessuno dei piccoli trucchi consueti in simili occasioni, tanto che c'è da chiedersi come si possa trovare ancora qualcuno così ingenuo da caderne vittima.

We had protracted our sitting far into the night, and I had at length effected the manœuvre of getting Glendinning as my sole antagonist. The game, too, was my favorite *écarté*. The rest of the company, interested in the extent of our play, had abandoned their own cards, and were standing around us as spectators. The *parvenu*, who had been induced by my artifices in the early part of the evening, to drink deeply, now shuffled, dealt, or played, with a wild nervousness of manner for which his intoxication, I thought, might partially, but could not altogether account. In a very short period he had become my debtor to a large amount, when, having taken a long draught of port, he did precisely what I had been coolly anticipating—he proposed to double our already extravagant stakes. With a well-feigned show of reluctance, and not until after my repeated refusal had seduced him into some angry words which gave a color of *pique* to my compliance, did I finally comply. The result, of course, did but prove how entirely the prey was in my toils: in less than an hour he had quadrupled his debt. For some time his countenance had been losing the florid tinge lent it by the wine; but now, to my astonishment, I perceived that it had grown to a pallor truly fearful. I say, to my astonishment. Glendinning had been represented to my eager inquiries as immeasurably wealthy; and the

Avevamo protratto la nostra seduta fino a notte fonda, e io avevo fatto in modo che Glendinning diventasse il mio solo antagonista. Anche il gioco era il mio preferito, l'*écarté*. Il resto della compagnia, interessato all'andamento della nostra partita, aveva lasciato le proprie carte e ci osservava. Il parvenu, che all'inizio della serata avevo indotto con i miei artifici a bere pesantemente, a quel punto mischiava le carte, le distribuiva e giocava con un frenetico nervosismo di cui la sua ubriachezza, credo, poteva in parte, ma non del tutto, essere causa. In breve mi era diventato debitore di una grande somma, quando, dopo aver buttato giù un lungo sorso di porto, fece precisamente ciò che con freddezza avevo previsto: propose di raddoppiare la nostra posta, che era già fuori dal comune. Dopo aver esibito una simulata riluttanza, infine accettai, non prima che i miei reiterati rifiuti gli avessero fatto proferire parole di rabbia e dato al mio consenso una nota di stizza. L'esito, naturalmente, non provò altro se non quanto la mia preda fosse alla mercé dei miei artigli: in meno di un'ora il suo debito era quadruplicato. Per un po' il suo aspetto era andato perdendo il colorito che il vino gli aveva prestato; ma a quel punto, con mio stupore, mi accorsi che il suo pallore era diventato davvero spaventoso. Dico, con mio stupore. Glendinning

sums which he had as yet lost, although in themselves vast, could not, I supposed, very seriously annoy, much less so violently affect him. That he was overcome by the wine just swallowed, was the idea which most readily presented itself; and, rather with a view to the preservation of my own character in the eyes of my associates, than from any less interested motive, I was about to insist, peremptorily, upon a discontinuance of the play, when some expressions at my elbow from among the company, and an ejaculation evincing utter despair on the part of Glendinning, gave me to understand that I had effected his total ruin under circumstances which, rendering him an object for the pity of all, should have protected him from the ill offices even of a fiend.

What now might have been my conduct it is difficult to say. The pitiable condition of my dupe had thrown an air of embarrassed gloom over all; and, for some moments, a profound silence was maintained, during which I could not help feeling my cheeks tingle with the many burning glances of scorn or reproach cast upon me by the less abandoned of the party. I will even own that an intolerable weight of anxiety was for a brief instant lifted from my bosom by the sudden and extraordinary interruption which ensued. The wide, heavy folding doors of the apartment were all at

era stato rappresentato alle mie sollecite indagini come ricco oltre ogni misura; e le somme che aveva già perso, sebbene in sé molto ingenti, non potevano, credevo, tormentarlo troppo seriamente, né tantomeno scuoterlo con tanta violenza. Che il vino appena bevuto l'avesse sopraffatto fu la prima spiegazione che mi diedi; e più nella prospettiva di preservare la mia reputazione agli occhi dei miei compari che per altri meno interessati motivi, stavo per insistere, in modo perentorio, per terminare la partita, quando dei cenni da parte degli astanti accanto a me e un'esclamazione di profonda disperazione da parte di Glendinning mi fecero capire che l'avevo portato alla completa rovina in circostanze che, rendendolo oggetto della commiserazione di tutti, lo avrebbero protetto dalle cattive intenzioni persino di un demone.

Che condotta mi convenisse tenere a quel punto è difficile a dirsi. La condizione miserevole della mia vittima aveva soffuso su tutti un'aria di triste imbarazzo; e, per qualche momento, calò un profondo silenzio, durante il quale non potei evitare di sentir fremere sulle mie guance tutti gli sguardi brucianti di sdegno e riprovazione dei meno corrotti del gruppo. Ammetterò persino che l'improvvisa e straordinaria interruzione che seguì mi fece crescere, per un istante, un'intollerabile angoscia nel petto. Le ampie e pesanti por-

once thrown open, to their full extent, with a vigorous and rushing impetuosity that extinguished, as if by magic, every candle in the room. Their light, in dying, enabled us just to perceive that a stranger had entered, about my own height, and closely muffled in a cloak. The darkness, however, was now total; and we could only *feel* that he was standing in our midst. Before any one of us could recover from the extreme astonishment into which this rudeness had thrown all, we heard the voice of the intruder.

«Gentlemen,» he said, in a low, distinct, and never-to-be-forgotten whisper which thrilled to the very marrow of my bones, «Gentlemen, I make no apology for this behavior, because in thus behaving, I am but fulfilling a duty. You are, beyond doubt, uninformed of the true character of the person who has to-night won at *écarté* a large sum of money from Lord Glendinning. I will therefore put you upon an expeditious and decisive plan of obtaining this very necessary information. Please to examine, at your leisure, the inner linings of the cuff of his left sleeve, and the several little packages which may be found in the somewhat capacious pockets of his embroidered morning wrapper.»

While he spoke, so profound was the stillness that one might have heard a pin drop upon the floor. In ceasing, he departed at once, and as abruptly as

te pieghevoli dell'appartamento si spalancarono di colpo, con tanta forza e velocità da spegnere, come per magia, tutte le candele nella stanza. Lo svanire della luce ci consentì di percepire appena l'ingresso di uno straniero, alto pressappoco come me e ben infagottato in un mantello. L'oscurità, tuttavia, a quel punto era totale; e potevamo solamente *avvertire* che egli si trovasse in piedi in mezzo a noi. Prima che ci potessimo riprendere dall'estremo stupore in cui quello sgarbo ci aveva gettato, udimmo la voce dell'intruso.

«Signori» disse con un sussurro, basso, scandito e indimenticabile che risuonò dentro di me fino al midollo. «Signori, non vi chiederò scusa per questo comportamento, poiché comportandomi in questo modo non sto che compiendo un dovere. Certamente voi non conoscete la vera natura della persona che stanotte ha vinto a *écarté* una grossa somma di denaro da lord Glendinning. Perciò vi metterò rapidamente al corrente di alcune necessarie informazioni. Per favore esaminate, a vostro piacere, le fodere interne del polsino del suo guanto sinistro, e i numerosi mazzetti che si possono trovare nelle tasche piuttosto capienti del suo abito ricamato.»

Mentre parlava, il silenzio era così profondo che si sarebbe potuto udire uno spillo cadere sul pavimento. Appena tacque, subito se ne andò,

he had entered. Can I—shall I describe my sensations? Must I say that I felt all the horrors of the damned? Most assuredly I had little time for reflection. Many hands roughly seized me upon the spot, and lights were immediately re-procured. A search ensued. In the lining of my sleeve were found all the court cards essential in *écarté*, and, in the pockets of my wrapper, a number of packs, fac-similes of those used at our sittings, with the single exception that mine were of the species called, technically, *arrondées*; the honors being slightly convex at the ends, the lower cards slightly convex at the sides. In this disposition, the dupe who cuts, as customary, at the length of the pack, will invariably find that he cuts his antagonist an honor; while the gambler, cutting at the breadth, will, as certainly, cut nothing for his victim which may count in the records of the game.

Any burst of indignation upon this discovery would have affected me less than the silent contempt, or the sarcastic composure, with which it was received.

«Mr. Wilson,» said our host, stooping to remove from beneath his feet an exceedingly luxurious cloak of rare furs, «Mr. Wilson, this is your property.» (The weather was cold; and, upon quitting my own room, I had thrown a cloak over my dressing

bruscamente com'era entrato. Come posso descrivere ciò che sentii? Devo dire che provai tutte le pene dell'inferno? Di sicuro ebbi poco tempo per riflettere. Molte mani mi tennero con forza sul posto, e le luci furono immediatamente riaccese. Seguì una perquisizione. Nella fodera del mio guanto furono trovate tutte le carte nobili essenziali per l'*écarté*, e nelle tasche del mio abito un certo numero di mazzi, identici a quelli usati nelle nostre partite, con l'unica eccezione che le mie carte erano del tipo chiamato, in gergo, *arrotondate*: le carte più alte leggermente smussate in alto e in basso, quelle più basse sui lati. In questo modo, la vittima che alza, come d'abitudine, il mazzo dal lato lungo, finisce inevitabilmente per pescare per il suo rivale una carta alta, mentre il baro, che alza dall'altro lato, certamente non può pescare per la sua vittima nulla che possa contare nel punteggio della partita.

Qualunque esplosione di indignazione a questa scoperta mi avrebbe colpito meno del disprezzo silenzioso o del composto sarcasmo che ricevetti.

«Signor Wilson» disse il nostro anfitrione, chinandosi a raccogliere da sotto i piedi un mantello esageratamente lussuoso di pelliccia pregiata. «Signor Wilson, questo è vostro.» (Faceva freddo; e, nel lasciare la mia stanza, sopra l'abito

wrapper, putting it off upon reaching the scene of play.) «I presume it is supererogatory to seek here (eyeing the folds of the garment with a bitter smile) for any farther evidence of your skill. Indeed, we have had enough. You will see the necessity, I hope, of quitting Oxford—at all events, of quitting instantly my chambers.»

Abased, humbled to the dust as I then was, it is probable that I should have resented this galling language by immediate personal violence, had not my whole attention been at the moment arrested by a fact of the most startling character. The cloak which I had worn was of a rare description of fur; how rare, how extravagantly costly, I shall not venture to say. Its fashion, too, was of my own fantastic invention; for I was fastidious to an absurd degree of coxcombry, in matters of this frivolous nature. When, therefore, Mr. Preston reached me that which he had picked up upon the floor, and near the folding-doors of the apartment, it was with an astonishment nearly bordering upon terror, that I perceived my own already hanging on my arm (where I had no doubt unwittingly placed it,) and that the one presented me was but its exact counterpart in every, in even the minutest possible particular. The singular being who had so disastrously exposed me, had been muffled, I remembered, in a cloak; and none had been worn at all by

avevo messo un mantello, che avevo tolto una volta raggiunto il luogo della partita.) «Suppongo che sarebbe eccessivamente zelante cercare qui» proseguì osservando le pieghe dell'indumento con un sorriso rancoroso «altre prove della vostra abilità. Ne abbiamo abbastanza. Vi renderete conto della necessità, spero, di lasciare Oxford, e in ogni caso di lasciare immediatamente le mie stanze.»

Mortificato, umiliato fino alla polvere com'ero, probabilmente avrei risposto a quelle parole offensive con violenza, se in quel momento la mia attenzione non fosse stata catturata da una circostanza più che sorprendente. Il mantello che avevo indossato era di un raro tipo di pelliccia; quanto raro, quanto straordinariamente costoso, non oserò dirlo. Anche la sua foggia era un'invenzione di mia fantasia, poiché ero schizzinoso anche peggio di un damerino, in queste frivolezze. Perciò, quando il signor Preston mi diede quello che aveva raccolto dal pavimento, vicino alle porte pieghevoli dell'appartamento, fu con uno stupore ai limiti del terrore che mi accorsi di averlo già il mio al braccio (dove l'avevo messo senz'altro controvoglia), e che ciò che mi veniva dato ne era una copia esatta in ogni dettaglio, persino il più piccolo. Quello strano essere che mi aveva smascherato così catastrofi-

any of the members of our party, with the exception of myself. Retaining some presence of mind, I took the one offered me by Preston; placed it, unnoticed, over my own; left the apartment with a resolute scowl of defiance; and, next morning ere dawn of day, commenced a hurried journey from Oxford to the continent, in a perfect agony of horror and of shame.

I fled in vain. My evil destiny pursued me as if in exultation, and proved, indeed, that the exercise of its mysterious dominion had as yet only begun. Scarcely had I set foot in Paris, ere I had fresh evidence of the detestable interest taken by this Wilson in my concerns. Years flew, while I experienced no relief. Villain!—at Rome, with how untimely, yet with how spectral an officiousness, stepped he in between me and my ambition! At Vienna too—at Berlin—and at Moscow! Where, in truth, had I *not* bitter cause to curse him within my heart? From his inscrutable tyranny did I at length flee, panic-stricken, as from a pestilence; and to the very ends of the earth *I fled in vain.*

And again, and again, in secret communion with my own spirit, would I demand the questions «Who is he?—whence came he?—and what are his objects?» But no answer was there found. And now I scrutinized, with a minute scrutiny, the forms, and the methods, and the leading traits of

camente, era infagottato, ricordo, in un mantello; e nessun altro del nostro gruppo ne indossava, a parte me. Mantenendo una qualche presenza di spirito, presi ciò che mi veniva offerto da Preston; lo misi, senza essere notato, sopra il mio; lasciai l'appartamento con un risoluto sguardo di sfida; e il mattino seguente, prima dell'alba, partii da Oxford in tutta fretta per il continente, in una completa agonia di orrore e di vergogna.

Fuggii invano. Il mio destino malvagio mi inseguì come esultando, e mi provò, in effetti, che il suo misterioso dominio era appena cominciato. Avevo appena messo piede a Parigi, quando ebbi una fresca dimostrazione del detestabile interesse che questo Wilson nutriva per me. Volarono gli anni, ma non provai alcun sollievo. Perfido! A Roma, con quanta intempestiva, ma spettrale zelanteria si mise di traverso tra me e la mia ambizione! A Vienna poi, a Berlino, e a Mosca! Dove, a dire il vero, *non* ebbi un'amara ragione per maledirlo di tutto cuore? A lungo fuggii dalla sua inscrutabile tirannia, preso dal panico come da una pestilenza; e fino alla fine del mondo *fuggii invano*.

Più e più volte, nel segreto del mio spirito, mi domandai: «Chi è? Da dove viene? Cosa vuole?». Ma non trovai alcuna risposta. E anche dopo aver passato in esame accuratamente le forme, i

his impertinent supervision. But even here there was very little upon which to base a conjecture. It was noticeable, indeed, that, in no one of the multiplied instances in which he had of late crossed my path, had he so crossed it except to frustrate those schemes, or to disturb those actions, which, if fully carried out, might have resulted in bitter mischief. Poor justification this, in truth, for an authority so imperiously assumed! Poor indemnity for natural rights of self-agency so pertinaciously, so insultingly denied!

I had also been forced to notice that my tormentor, for a very long period of time, (while scrupulously and with miraculous dexterity maintaining his whim of an identity of apparel with myself,) had so contrived it, in the execution of his varied interference with my will, that I saw not, at any moment, the features of his face. Be Wilson what he might, *this*, at least, was but the veriest of affectation, or of folly. Could he, for an instant, have supposed that, in my admonisher at Eton—in the destroyer of my honor at Oxford,—in him who thwarted my ambition at Rome, my revenge at Paris, my passionate love at Naples, or what he falsely termed my avarice in Egypt,—that in this, my arch-enemy and evil genius, I could fail to recognise the William Wilson of my school-boy

metodi e le specificità della sua insolente sorveglianza, avevo ben poco su cui congetturare. Era chiaro, infatti, che in tutte le ultime svariate occasioni in cui aveva incrociato la mia strada, l'avesse fatto solo per frustrare trame o interferire con azioni che, una volta realizzate, sarebbero sfociate in un odioso crimine. Povera giustificazione, in verità, per un'autorità assunta così perentoriamente! Povera ricompensa per il naturale diritto al libero arbitrio negato in modo così pervicace, così offensivo!

Non potei evitare di notare, inoltre, che per un lunghissimo lasso di tempo, mentre con scrupolo e miracolosa destrezza ottemperava allo sfizio di vestirsi come me, il mio tormentatore fosse riuscito, nell'esecuzione delle sue varie intromissioni nella mia volontà, a non farmi vedere, neanche per un istante, le fattezze del suo viso. Fosse Wilson quel che fosse, *questa*, almeno, non era che la più grande delle ostentazioni, o delle follie. Poteva davvero pensare, anche solo per un istante, che in colui che mi aveva ammonito ad Eton, che aveva distrutto il mio onore ad Oxford, che aveva mandato all'aria la mia ambizione a Roma, la mia vendetta a Parigi, il mio amore appassionato a Napoli, o che falsamente aveva denunciato la mia avidità in Egitto… che in costui, il mio nemico mortale e genio del male, io

days,—the namesake, the companion, the rival,—the hated and dreaded rival at Dr. Bransby's? Impossible!—But let me hasten to the last eventful scene of the drama.

Thus far I had succumbed supinely to this imperious domination. The sentiment of deep awe with which I habitually regarded the elevated character, the majestic wisdom, the apparent omnipresence and omnipotence of Wilson, added to a feeling of even terror, with which certain other traits in his nature and assumptions inspired me, had operated, hitherto, to impress me with an idea of my own utter weakness and helplessness, and to suggest an implicit, although bitterly reluctant submission to his arbitrary will. But, of late days, I had given myself up entirely to wine; and its maddening influence upon my hereditary temper rendered me more and more impatient of control. I began to murmur,—to hesitate,—to resist. And was it only fancy which induced me to believe that, with the increase of my own firmness, that of my tormentor underwent a proportional diminution? Be this as it may, I now began to feel the inspiration of a burning hope, and at length nurtured in my secret thoughts a stern and desperate resolution that I would submit no longer to be enslaved.

non riconoscessi il William Wilson degli anni di scuola – l'omonimo, il compagno, il rivale – l'odiato e temuto avversario nell'istituto del dottor Bransby? Impossibile! Ma fatemi arrivare all'ultima, movimentata scena del dramma.

Fino ad allora avevo subito passivamente il suo imperioso dominio. La sensazione di profondo stupore con cui ero solito guardare l'atteggiamento nobile, la grandiosa saggezza, l'apparente onnipresenza e l'onnipotenza di Wilson, in aggiunta a un sentimento addirittura di terrore, che certi altri tratti della sua natura e delle sue asserzioni mi ispiravano, avevano impresso dentro di me un'idea della mia debolezza, della mia impotenza, suggerendo un'implicita, benché amara e riluttante, sottomissione all'arbitrio della sua volontà. Ma, negli ultimi giorni, mi ero dato interamente al vino; e l'esasperante influenza che ciò aveva sul mio carattere ereditario mi rendeva sempre più insofferente alle imposizioni. Cominciai a mormorare, a esitare, a resistere. E fu soltanto la fantasia a indurmi a credere che l'aumento della mia fermezza avrebbe provocato un proporzionale indebolimento del mio tormentatore? Sia come sia, cominciai allora a sentire il soffio ardente di una speranza, fino a nutrire nei miei segreti pensieri l'austera e disperata risoluzione di non accettare più a lungo di essere reso schiavo.

It was at Rome, during the Carnival of 18.., that I attended a masquerade in the palazzo of the Neapolitan Duke Di Broglio. I had indulged more freely than usual in the excesses of the wine-table; and now the suffocating atmosphere of the crowded rooms irritated me beyond endurance. The difficulty, too, of forcing my way through the mazes of the company contributed not a little to the ruffling of my temper; for I was anxiously seeking (let me not say with what unworthy motive) the young, the gay, the beautiful wife of the aged and doting Di Broglio. With a too unscrupulous confidence she had previously communicated to me the secret of the costume in which she would be habited, and now, having caught a glimpse of her person, I was hurrying to make my way into her presence. At this moment I felt a light hand placed upon my shoulder, and that ever-remembered, low, damnable *whisper* within my ear.

In an absolute frenzy of wrath, I turned at once upon him who had thus interrupted me, and seized him violently by the collar. He was attired, as I had expected, in a costume altogether similar to my own; wearing a Spanish cloak of blue velvet, begirt about the waist with a crimson belt sustaining a rapier. A mask of black silk entirely covered his face.

«Scoundrel!» I said, in a voice husky with rage, while every syllable I uttered seemed as new fuel

Fu a Roma, durante il Carnevale del 18.., quando andai a una mascherata nel palazzo del duca napoletano Di Broglio. Mi lasciai andare più liberamente del solito agli eccessi del vino; e l'atmosfera soffocante delle camere affollate mi irritava allora oltre ogni sopportazione. Per di più, la difficoltà ad aprirmi la strada tra i meandri dei convitati contribuì non poco a scompaginare il mio umore, poiché stavo cercando con ansia (non fatemi dire per quale indegno motivo) la giovane, bella e allegra moglie dell'anziano e ricco Di Broglio. In un eccesso di spregiudicatezza, costei mi aveva confidato in precedenza il segreto del costume che avrebbe indossato, e allora, dopo averla intravista, mi stavo affrettando per raggiungerla. In quel momento sentii una mano poggiarsi leggera sulla mia spalla e quell'indimenticabile, basso, dannato *sussurro* all'orecchio.

In un furioso scatto d'ira, mi voltai improvvisamente verso colui che mi aveva fermato in quel modo, e lo afferrai violentemente per il colletto. Indossava, come mi aspettavo, un costume del tutto simile al mio; portava un mantello spagnolo di velluto blu, circondato alla vita da una cintura cremisi che teneva uno stocco. Una maschera di seta nera gli copriva per intero il volto.

«Canaglia!» dissi, con voce roca di rabbia, mentre ogni sillaba che proferivo accatastava nuova le-

to my fury; «scoundrel! impostor! accursed villain! you shall not—you *shall* not dog me unto death! Follow me, or I stab you where you stand!»—and I broke my way from the ball-room into a small ante-chamber adjoining, dragging him unresistingly with me as I went.

Upon entering, I thrust him furiously from me. He staggered against the wall, while I closed the door with an oath, and commanded him to draw. He hesitated but for an instant; then, with a slight sigh, drew in silence, and put himself upon his defence.

The contest was brief indeed. I was frantic with every species of wild excitement, and felt within my single arm the energy and power of a multitude. In a few seconds I forced him by sheer strength against the wainscoting, and thus, getting him at mercy, plunged my sword, with brute ferocity, repeatedly through and through his bosom.

At that instant some person tried the latch of the door. I hastened to prevent an intrusion, and then immediately returned to my dying antagonist. But what human language can adequately portray *that* astonishment, *that* horror which possessed me at the spectacle then presented to view? The brief moment in which I averted my eyes had been sufficient to produce, apparently, a material change in

gna per la mia furia. «Canaglia! Impostore! Malvagio maledetto! Tu non devi, *non devi* perseguitarmi fino alla morte! Fai come dico, o ti pugnalo qui dove sei!» e nel mentre passai dalla sala da ballo a un piccolo vestibolo attiguo, trascinandolo con me senza che facesse resistenza.

Entrando, lo spinsi furiosamente lontano da me. Barcollò fin contro il muro, mentre io chiusi la porta con un'imprecazione e gli ordinai di sguainare la spada. Esitò per un istante; poi, con un leggero sospiro, sfoderò la spada in silenzio, e si mise in guardia.

Il duello fu davvero breve. Una sorta di frenesia selvaggia si impossessò di me, infondendo nel braccio l'energia e la forza di una moltitudine. In pochi istanti lo spinsi con forza contro la parete e, dopo averlo ridotto così alla mia mercé, affondai la spada, con brutale ferocia, nel suo petto, più e più volte.

In quel momento qualcuno armeggiò con la serratura della porta. Mi affrettai a prevenire un'intrusione, poi immediatamente tornai dal mio rivale morente. Ma quale lingua umana potrà ritrarre adeguatamente *quello* stupore, *quel* raccapriccio che si impadronì di me di fronte allo spettacolo che mi si parava davanti? L'istante in cui avevo distolto lo sguardo era stato sufficiente a produrre, apparentemente, una trasformazione

the arrangements at the upper or farther end of the room. A large mirror,—so at first it seemed to me in my confusion—now stood where none had been perceptible before; and, as I stepped up to it in extremity of terror, mine own image, but with features all pale and dabbled in blood, advanced to meet me with a feeble and tottering gait.

Thus it appeared, I say, but was not. It was my antagonist—it was Wilson, who then stood before me in the agonies of his dissolution. His mask and cloak lay, where he had thrown them, upon the floor. Not a thread in all his raiment—not a line in all the marked and singular lineaments of his face which was not, even in the most absolute identity, *mine* own!

It was Wilson; but he spoke no longer in a whisper, and I could have fancied that I myself was speaking while he said: «*You have conquered, and I yield. Yet, henceforward art thou also dead—dead to the World, to Heaven and to Hope! In me didst thou exist—and, in my death, see by this image, which is thine own, how utterly thou hast murdered thyself.*»

nella disposizione del soffitto e della parete più lontana della stanza. Un grande specchio – così all'inizio mi parve nella mia confusione – stava ora dove prima non si vedeva nulla; e, mentre avanzavo in preda al terrore, la mia stessa immagine, ma con tratti così pallidi e grondanti di sangue, mi veniva incontro con passo flebile e traballante.

Questa era l'apparenza, dico, ma così non era. Era il mio rivale, era Wilson, che a quel punto si fermò davanti a me nel tormento della sua agonia. La maschera e il mantello stavano a terra, dove li aveva gettati. Non un filo nel suo abbigliamento, non un tratto di tutti i singolari lineamenti del suo viso che non fosse, assolutamente identico, il *mio*!

Era Wilson; ma non emise più sospiri, e avrei potuto pensare di essere io stesso a parlare, quando disse: «*Hai vinto, e io cedo. Eppure, d'ora in avanti sei morto anche tu. Morto per il Mondo, il Cielo e la Speranza! In me sei esistito e nella mia morte, attraverso quest'immagine che è la tua, guarda fino a che punto hai ucciso te stesso*».

LA COLLEZIONE DEL LEONE

1. *La milonga dei maroni cotti* – Francesco Olivieri
2. *Cara mamma… sapessi!* – Laura Ferraioli
3. *Poker di cuori* – Mirko De Gasperis
4. *Una burla riuscita* – Italo Svevo
5. *I diavoli della Zisa* – Luca Filippi
6. *Senso* – Camillo Boito
7. *La treccia tagliata* – Irma Di Patre
8. *Il sole splenda per lei* – Giovanni Scilio
9. *Il vitalizio* – Luigi Pirandello
10. *Cardello* – Luigi Capuana
11. *Trittico della Mala Creanza* – Danilo Laccetti
12. *Le storie del castello di Trezza* – Giovanni Verga
13. *L'omicidio di Lord Arthur Savile* *– Oscar Wilde
14. *Nella colonia penale* *– Franz Kafka
15. *Il dottor Vetrata* * – Miguel de Cervantes
16. *La leggenda di San Giuliano Ospitaliere* * – Gustave Flaubert
17. *Dodici racconti spicci* – Roberta Sasso
18. *La caduta della Casa Usher* * – Edgar Allan Poe
19. *Luisa ha le tette grosse* – Silvio Donà
20. *Il fumo* – Luigi Pirandello
21. *La profezia* * – Arthur Schnitzler
22. *Cara mamma… sapessi! O forse è meglio di no!* – Laura Ferraioli
23. *Micromega* * – Voltaire
24. *L'angolo felice* * – Henry James
25. *Sole nero* – Marco Righetti

* testo originale a fronte

26. *Il quinto petalo* – Francesco Alessandro Veutro
27. *I coniugi Orlov* – Maksim Gorkij
28. *Morire a Calatubo* – Maria Patrizia Salatiello
29. *La leggenda di Sleepy Hollow* * – Washington Irving
30. *La signorina Fifì* * – Guy De Maupassant
31. *Nottesenzafine* – Maurizio Malavasi
32. *La marchesa d'O…* – Bernd Heinrich Wilhelm von Kleist
33. *Baraonda!* – Vincenzo Di Pietro
34. *La vendetta si serve due volte* – Simone Giugno
35. *La morte innamorata* * – Théophile Gautier
36. *La collezione del virtuosista* * – Nathaniel Hawthorne
37. *La croce azzurra* * – Gilbert Keith Chesterton
38. *Studio di donna* * – Honoré de Balzac
39. *Il curioso caso di Benjamin Button* * – Francis Scott Fitzgerald
40. *Markheim* * – Robert Louis Stevenson
41. *Possedere ogni cosa* – Luca Benzo
42. *Il viccolo di madama Lucrezia* * – Prosper Mérimée
43. *La favola di Amore e Psiche* * – Lucio Apuleio
44. *Chi ha paura dei numeri?* – Andrea Cattania
45. *L'informatore* * – Joseph Conrad
46. *La milleduesima notte* * – Théophile Gautier
47. *Storia di Aronne* – Pietro Brambati
48. *Assoluto incontro* – Lauro Zanchi
49. *La Casa dei Desideri* * – Rudyard Kipling
50. *Il convitato delle ultime feste* * – Auguste Villiers de L'Isle-Adam
51. *Più del veleno, l'anima* – Luca Filippi
52. *La ragazza del faro* – Dario Giardi
53. *La Fanfarlo* * – Charles Baudelaire
54. *Il capitano della Stella Polare* * – Arthur Conan Doyle
55. *La correttrice* – Natale Mirafiori

* testo originale a fronte

56. *Sogni d'inverno* * – Francis Scott Fitzgerald
57. *Il Gatto Maltese* * – Rudyard Kipling
58. *La voglia* * – Nathaniel Hawthorne
59. *Ligeia* * – Edgar Allan Poe
60. *Orchidea nera* – Anna Pignatta
61. *Le ricette del Dottor Marigold* * – Charles Dickens
62. *Il viaggio di Sam* – Angelo Migliaccio
63. *Tulio Montalbán e Julio Macedo* * – Miguel de Unamuno
64. *La ricerca infinita* – Giuseppe Contini
65. *La catena d'oro* * – Théophile Gautier
66. *Miss Harriet* * – Guy De Maupassant
67. *Alla fine del tragitto* * – Rudyard Kipling
68. *Luce e fiamma* – Cinzia Luigia Cavallaro
69. *Il pozzo e il pendolo* * – Edgar Allan Poe
70. *Confusione d'amore* – Paola Zugna
71. *Accendere un fuoco* * – Jack London
72. *Il trafugatore di salme* * – Robert Louis Stevenson
73. *Brillamenti* – Gianni Maltese
74. *L'ospite di Dracula* * – Bram Stoker
75. *Sotto strati di vetro* – Daniele Perdisa
76. *Il palazzo di ghiaccio* * – Francis Scott Fitzgerald
77. *Cuore senza rughe* – Laura Elena Pofi
78. *Poesie* – Gerardo Di Paolo
79. *Il vento mi ha chiesto i versi* – Maria Dora Zanco
80. *Tamango* * – Prosper Mérimée
81. *Viaggio per mare* – Maria Rosalina Longo
82. *Tra le maschere* – Diego Ribechini
83. *La parte posteriore del cammello* * – Francis Scott Fitzgerald
84. *Pugno di diamante* – Michele Masotti
85. *Due chiacchiere con la mummia* * – Edgar Allan Poe

* testo originale a fronte

86. *La ragazza di Paul* * – Guy de Maupassant
87. *La banda maculata* * – Arthur Conan Doyle
88. *La lettera rubata* * – Edgar Allan Poe
89. *Lo sceriffo di Kona* * – Jack London
90. *La casa del giudice* * – Bram Stoker

* testo originale a fronte

LA COLLEZIONE DEL LEONE
88
Edgar Allan Poe
La lettera rubata
The Purloined Letter
testo originale a fronte
Cortoromanzo classico
LEONE EDITORE

Finito di stampare
nel mese di ottobre 2017
per conto di Leone Editore
dalla Prontostampa srl - Verdellino (Bg)
Printed in Italy